ORIGENS

ORIGENS

ALEXANDRE DE CASTRO GOMES, ANDRÉ KONDO,
ELIANE POTIGUARA, LUIS EDUARDO MATTA E
SONIA ROSA

Ilustrações
Fabio Maciel

Dados Internacionais de Catalogação na Publicação (CIP)
(Câmara Brasileira do Livro, SP, Brasil)

Origens / Alexandre de Castro Gomes...[et al.] ; ilustrações Fabio Maciel.
-- São Paulo : Editora do Brasil, 2019. -- (Assunto de família)

   Outros autores: André Kondo, Eliane Potiguara, Luis Eduardo Matta e Sonia Rosa.

   ISBN 978-85-10-07744-6

   1. Contos - Literatura infantojuvenil I. Gomes, Alexandre de Castro. II. Kondo, André. III. Potiguara, Eliane. IV. Matta, Luis Eduardo. V. Rosa, Sonia. VI. Maciel, Fabio. VII. Série.

19-27958   CDD-028.5

Índices para catálogo sistemático:
1. Contos : Literatura infantil   028.5
2. Contos : Literatura infantojuvenil   028.5

Iolanda Rodrigues Biode - Bibliotecária - CRB-8/10014

© Editora do Brasil S.A., 2019
Todos os direitos reservados

Texto © Alexandre de Castro Gomes, André Kondo, Eliane Potiguara, Luis Eduardo Matta e Sonia Rosa
Ilustrações © Fabio Maciel
Organização: Alexandre de Castro Gomes

Direção-geral: Vicente Tortamano Avanso

Direção editorial: Felipe Ramos Poletti
Supervisão editorial: Gilsandro Vieira Sales
Edição: Paulo Fuzinelli
Assistência editorial: Aline Sá Martins
Auxílio editorial: Marcela Muniz
Supervisora de arte e editoração: Cida Alves
Design gráfico: Thatiana Kalaes
Editoração eletrônica: Patricia Ishihara
Supervisão de revisão: Dora Helena Feres
Revisão: Elis Beletti

1ª edição / 3ª impressão, 2024
Impresso na Forma Certa Gráfica Digital

Avenida das Nações Unidas, 12901
Torre Oeste, 20º andar
São Paulo, SP – CEP: 04578-910
Fone: + 55 11 3226-0211
www.editoradobrasil.com.br

O MOÇO DA OBRA E A MOÇA DO ARMAZÉM

Alexandre de Castro Gomes

Para meus avós, Justino, Rosa, Alfredo e Jesuína, sem os quais eu não estaria aqui.

— Ele vai enjoar.
— Vou não!
— Vai nada.
— Ora se vai.

O menino tinha treze anos. Para o pai, um português acostumado a lidar com o gado, ele já era homem. A mãe mimava o filho. Também pudera. Era o último que ficara em Portugal. Os outros já tinham partido para fazer a vida no Brasil. Todos menos Justino e suas irmãs. Foi-se o tempo em que a vida da família era recheada de caprichos e pequenos luxos. Como tudo o que é bom um dia acaba, assim foi com as vacas gordas.

Ainda havia lentilhas e um pouco de músculo de boi na panela de ferro. Mas até quando?

Cada um que partia de Santa Maria da Feira prometia construir uma bela casa para os pais na capital brasileira. Voltariam para buscá-los. Primeiro foi José. Depois Toninho. Depois Manoel. De tanto em tanto tempo chegava a mensagem: Que venha outro!

Era a vez de Justino. Um moleque franzino de olhos puxados. A mãe e as irmãs se esvaziaram em lágrimas. Por que levar o menino? Desnaturados! No que ele poderá ajudar com o armazém?

Pois é. Os três irmãos, depois de muita luta, construíram um pequeno armazém. Vendiam ovos, legumes, galinhas, grãos, velas, cordas, fios, sabão, fumo e de tudo um pouco.

Justino estava feliz em se juntar à família brasileira. Era assim que eles falavam nas cartas. "Um dia vocês se juntarão à sua família brasileira". Pensava nisso quando acenou para os pais da amurada do Sierra Córdoba.

Chegou ao Brasil e viu, ainda do navio, dezenas de pessoas elegantemente vestidas, com terno e chapéu. Achou estranho tantas camadas quando sua fina camisa estava empapada de suor. Mas não disse nada. José o esperava com um sorriso do tamanho de uma canoa.

– Que bom que vieste. Quanta saudade!

Levou o irmão para o armazém, em um subúrbio do Rio de Janeiro. A família morava nos fundos da construção. Era uma casa modesta, mas eles tinham um pequeno quintal com galinhas. Havia um quarto para cada irmão, sendo que, no maior, dormiam José e a mulher. O caçula foi alojado em um quartinho dos fundos, sem janelas.

Justino passava o dia servindo os clientes atrás do balcão. Quando ninguém estava olhando, enfiava o braço inteiro dentro dos sacos de grãos. Era geladinho. Um alívio para o calor carioca.

***

Alfredo nasceu no bairro de Laranjeiras, no Rio de Janeiro. Seus pais se conheceram um ano antes e viajaram, fugidos, para a terra descoberta pelo patrício Cabral. O menino nunca soube qual era a cidade natal de sua família. Tanto Antonio quanto Inácia evitavam falar do passado lusitano. Seria medo de serem encontrados? Alfredinho nunca descobriu.

– Ô, pai. De onde viemos?

– Deixe quieto, rapazote.

O pai de Alfredo fez de tudo um pouco. Carregou peso, pintou, varreu, emassou, subiu muro, cavou... E para todo lado que ia, levava o agora comprido Alfredo a tiracolo. O rapaz branco de olhos muito azuis e bochechas galegas ficava vermelho com qualquer esforço. Logo foi apelidado de Camarão por outros peões de obra.

Ele não gostava. Reclamava que camarão tem titica na cabeça. Antonio o aconselhava a não dar bola para arrelias. Era isso que incentivava a fuzarca.

– Deixe quieto, rapazote.

Mas Alfredo não conseguia.

– Camarão, não!

Deixou de acompanhar o pai. Este, por sua vez, não seguiu o próprio conselho e brigou com os colegas.

– Camarão, não! Olha o respeito!

Se o filho era brigão, então tinha a quem puxar. Antonio acabou pedindo as contas, para o desespero da mulher. E agora? Seus docinhos portugueses não sustentariam a casa. O dinheiro faltou. As fartas mesas de festas, motivo de orgulho de Inácia e de certa inveja velada dos vizinhos, minguaram. Seria melhor que fossem para uma vizinhança mais barata.

Acabaram se mudando para uma casa mais humilde no mesmo bairro. Resolveram abrir a própria firma de construção e demolição. Como se dizia na família: "É calça de veludo ou bunda de fora!".

Alfredo voltou a escoltar o pai. O rapaz de 15 anos aprendia rápido. Já sabia pintar sem sujar o chão, colocava azulejos com perfeição, derrubava paredes, trocava pisos...

Não se sabe se foi o amianto dos telhados ou o chumbo das tintas que adoeceu Antonio. O filho passou a cuidar do negócio sozinho. Quando o patriarca morreu, Alfredo já tinha 19 anos e uma longa lista de clientes.

***

Justino arrumou pela oitava vez as prateleiras de seu novo armazém, localizado em uma das esquinas do valorizado bairro da Tijuca. Ele estava nervoso. Há seis meses desistira de entrar de sócio com os irmãos em um mercado de tamanho médio. Achou melhor abrir o próprio negócio e investiu seus tostões em um pequeno empório. O ponto de venda era bom e um futuro promissor o aguardava. Faltava abrir as portas para a multidão do lado de fora. Sua imaginação sussurrava que se não as abrisse logo, o povo as derrubaria.

– Raul, fique a postos. Vou abrir.

E virou a chave.

Do outro lado da porta de madeira azul só havia uma moça, muito bonita, com nome de flor. Rosa precisava de alguns botões de tartaruga e linha preta, mas saiu de lá com um pretendente baixinho e franzino de sorriso encantador. Chamou-o de Gatão.

***

Alfredo correu até o bonde que seguia para Botafogo. Estava atrasado e sabia que seu cliente não aceitaria desculpas.

— Vamos, motorneiro! Faça essa joça correr — pediu, atrevido.

Tocou a campainha de uma casa enfeitada, com jardim bem cuidado na frente. Atendeu uma moça linda de morrer. Os olhos azuis do rapaz brilharam tanto que ofuscaram Zizinha, uma portuguesinha de bochechas rubras como as pétalas do hibisco, que mal completara 18 anos. Atrás dela, nada ofuscado, apareceu o pai, de mau humor.

— Atrasado! Acaso achas que tenho tempo a perder? Está cá a cozinha que deves medir.

Alfredo terminou o serviço e despediu-se da "Flor do Mundo Novo" e do seu pai.

***

— Que achas, Rosa? Não seria maravilhoso?

— Não sei. Fazer faculdade? Acho caro. São tantos livros e coisas para comprar. Talvez seja melhor ela continuar trabalhando conosco no armazém. Já está moça. Além disso é um ambiente muito masculino, sem mulheres. E se ela ficar falada? E se depois não achar marido?

— E eu lá estou preocupado com maridos? Me importa é a felicidade da Fernanda, ora pois!

— Se é assim que pensas, então por mim tudo bem. Nossa filha pode fazer Arquitetura. Dou minha bênção.

***

— Minha flor, acorde a filharada. Hoje temos trabalho em Copacabana. Fica longe e o cliente avisou que só estará lá até as nove horas.

— O Carlos e o Jorge estão na cozinha com a Ignácia. O Nonô foi até o açougue. Vou ver se os outros já se levantaram.

— Não vou nem esperar o Norival. Depois que fez aqueles cursos, não quer mais saber de trabalhar conosco — Alfredo soou desgostoso. — Disse que vai abrir uma incorporadora imobiliária. — Diante do olhar desentendido de sua mulher, explicou: — A incorporadora constrói um edifício em um terreno de outra pessoa. Depois vende as unidades para pagar ao dono do terreno. Vou arrumar alguns clientes para ele começar o negócio. Que seja feliz.

***

Norival atendeu à campainha da sala comercial que alugara em um moderno edifício do centro da cidade. Era Fernanda, a nova arquiteta, recém-saída da faculdade. O moço da obra e a moça do armazém se apaixonaram.

E assim duas famílias, que vieram de longe e trilharam caminhos diferentes, tornaram-se uma só.

SOL NASCENTE

André Kondo

Para as famílias Kondo, Matsushita, Ieiri e Nakamura.

Ainda hoje, quando lanço o olhar ao mar, imagino a vida de meus avós como ilhas distantes, cercadas pela vastidão de um oceano de histórias (muitas delas guardadas na linha de um horizonte que não pode mais ser lido). No alto do Morro de São Sebastião, contemplo o sol nascente e me inspiro a iniciar estas linhas... Talvez elas não contenham toda a verdade, talvez haja imprecisões e deslizes históricos, mas foi assim que eu as recebi, pela boca dos que sobreviveram...

Ieiri-san inspecionava os conveses dos navios que nasciam no estaleiro que dirigia com disciplina. Há décadas os japoneses iniciaram a colonização da ilha de Taiwan, tomada da China após a guerra sino-japonesa. Para lá a família Ieiri emigrou para prosperar. Chiyoko, filha do patriarca Ieiri, cresceu entre finas bonecas de porcelana, tendo os melhores instrutores, tornando-se de pianista a carateca. Sempre ávida por conhecimento, aprendeu com seu tio, médico e diretor de hospital, diversos procedimentos, tais como a realização de partos e, sobretudo, a quiropraxia. Talvez buscasse alguma cura para as dores que acometeram a mãe, que, por conta de um procedimento malsucedido na coluna, ficou paralítica. Chiyoko se transformou em uma mulher extraordinária, nadando em alto-mar e, apesar de sua compleição esguia, aventurando-se até a praticar sumô. Após aprender tantas coisas, não poderia ter se tornado outra coisa a não ser professora.

Naquele dia, apesar da triste guerra, Chiyoko estava feliz. Era o dia do aniversário de seu pai. Não importava a ela que seu *otosan* estivesse em um leito de hospital nem que o medo rondasse cada esquina. Ela tinha conseguido, a grande custo, algumas iguarias que seu pai gostava de comer. Era para comemorar a data, para celebrar a vida. E seus passos eram alegres quando a sirene tocou. E era alegre o dia quando as bombas caíram...

O hospital em que seu pai estava foi atingido. A vida naufragou. Em sua casa, procurou pela mãe... Infelizmente, as pernas dela não puderam obedecer a qualquer desejo de fuga. Mas não havia tempo para lágrimas. Por ter aprendido tantas coisas com o tio médico, Chiyoko auxiliava os feridos durante a guerra, que estava para ser perdida. Ao ser vencido na guerra, o Japão perdeu Taiwan. Os cidadãos nipônicos foram deportados, de volta a um país que também já não mais existia após sofrer os dois primeiros e únicos bombardeios nucleares da história.

As vidas dos pais e de dois irmãos foram sepultadas naquela ilha que ficava para trás. E para que não houvesse dúvidas de que a vida que conheciam já não mais existia, a única bagagem de Chiyoko foi acidentalmente queimada, provavelmente por um fósforo nela guardada, que à época era de fácil combustão ao mais leve atrito. Cinzas... Dos irmãos remanescentes, Chiyoko só veio a reencontrar uma irmã que permaneceu no Japão. Dos demais, nunca soube de mais nada. Os laços de sangue que uniam lembranças se desataram, afastando saudades.

No Japão, Chiyoko acabou sendo presa por agredir alguns soldados americanos embriagados que tentaram atacá-la. O caratê é uma arte de defesa, nunca de ataque, mas em um Japão ocupado pelos americanos, legítima defesa não seria suficiente para livrá-la da cadeia. Talvez por pena, o delegado fez um acordo para soltá--la. Talvez ela precisasse de um marido, quem sabe, para acalmá-la, talvez fosse só um pretexto, mas o acordo era simples: se ela se casasse, estaria livre. E em uma espécie de *miai* (casamento arranjado), Chiyoko conheceu seu futuro marido, Yasumi Matsushita.

Foi assim que Chiyoko foi morar em Takashima, ilha que possuía uma forte atividade mineradora de carvão, assim como a ilha próxima de Hashima, a "ilha fantasma" conhecida como *Gunkanjima* (ilha barco de guerra, devido ao formato conferido pelas suas construções). Yasumi era minerador.

Minha mãe nasceu lá, nessa pequena ilha da província de Nagasaki, quando a atividade mineradora estava em declínio, por conta da importação de carvão mais barato. Foi assim que, em 1960, minha avó e sua nova família abandonaram de vez as ilhas para viver em um país continental: o Brasil. Vieram meus avós e seus filhos: Yasuhiro, Teruko, Fumiko e Etsuko.

Do Porto de Santos se dirigiram para a região de Umuarama, no Paraná. As mãos de minha avó tentaram, após tantas tribulações, colher alguma maciez da vida. Mas a lavoura não era tão macia quanto o produto colhido, o algodão. E após semear um filho, estrangulado pelo cordão umbilical no nascimento, Chiyoko partiu do Paraná.

A família se estabeleceu na colônia agrícola de Mombuca, na pequena cidade paulista de Guatapará, onde nasceu a primeira e única filha com nome "brasileiro": Rosa. O nome nasceu meio que por engano, e teve outra origem, mas eu gosto de imaginar que a filha recebeu esse nome como uma homenagem à vida dos meus avós. Afinal, após tantos espinhos, havia enfim a beleza de uma vida que desabrochou em merecidas pétalas macias.

Na colônia, mais de cem vidas nasceram pelas mãos de Chiyoko, chamada sempre para auxiliar nos partos. E muitas casas de madeira foram erguidas pelas mãos de Yasumi, que trabalhava como marceneiro. Vidas e lares. Foi isso o que conquistaram em uma batalha muito mais bonita do que a horrível guerra. Ao invés de destruição e morte, a construção e a vida.

Meu *ditchan* Yasumi morreu antes de eu nascer. Imagino como deveriam ser a sua voz e as suas mãos. As mãos, provavelmente ásperas, mas a voz, macia. Sempre me contaram que ele gostava de crianças, que era um homem muito gentil. Será que ele faria barquinhos de madeira para mim e para a minha irmã e primos?

Navegaríamos das ilhas da infância para o continente da maturidade, conduzidos pelo sopro de suas histórias. O que encontraríamos ao final?

Minha *batchan* Chiyoko me contava histórias de pontes no Japão, nunca de muros e impossibilidades. Não falava com rancor das perdas ao longo da vida, das teclas do piano em silêncio, do colo frio de um filho que parte, das chuvas dos anos que arrastam lembranças. *Batchan* acordava cedinho todos os dias, juntava as mãos em prece e repetia, no meio da reza que eu não entendia, uma palavra bem conhecida: *arigatô*.

Se o sol surgia no horizonte de prédios, ela agradecia pela luz. Se a chuva caía sobre os telhados cinzentos, ela agradecia pelo frescor das gotas. E diante do pequeno altar em sua casa, seus óculos refletiam as imagens de Buda, Nossa Senhora de Aparecida, Jesus, um livro sagrado da Seicho-No-Ie e um copo quebrado.

– *Batchan*, mas afinal a senhora é budista, cristã ou o quê?
– Ah! Tudo bom!

Tudo era bom para ela. Não havia distinção, pois tudo na vida era sagrado e motivo para celebração.

– *Batchan*, mas e esse copo quebrado?
– Tudo bom!

Sim, ela me explicou que na vida tudo era bom. O copo trincado mostrava apenas que mesmo as imperfeições da vida são boas. Mesmo as tristezas e dores, mesmo as perdas e distâncias... Tudo bom...

No alto do Morro de São Sebastião, contemplo a casa da minha mãe no horizonte, recebendo os

primeiros raios de sol. Na verdade, não sei precisar qual daquelas casinhas é a da minha mãe. Mas sigo os ensinamentos da minha avó e desejo que todas as casas, igualmente, recebam as bênçãos de mais um dia que nasce.

E enquanto desço o morro, continuo a pensar nos meus avós. Meu avô, Itsuki Kondo, foi soldado japonês e prisioneiro de guerra na Manchúria. Foi para lá que minha avó, Misayo, foi para ajudar como enfermeira. Foi na Manchúria que meu pai quase morreu e, portanto, que eu quase deixei de nascer. Eu queria que a história dos meus avós não tivesse capítulos de guerra. Mas, enfim, esta é uma história para outro Sol Nascente...

CARTAS À TERRA

Eliane Potiguara

Dedico essa narrativa a todos os que estão em condição de pobreza neste planeta Terra.

Vovó Lourdes nunca soube ler ou escrever. Mas isso não a impedia de nada. Eram cartas para parentes, cartas para amigos, cartas para a terra e para o céu. Eram histórias, eram memórias, era dor que se esparramava em palavras para o papel. Eu a ouvia me chamando, pedindo papel e caneta, e vinha correndo, pronta para ser suas mãos e seus olhos. Eu fazia isso bastante naquela época... Escutar e escrever. Eu mesma só me tornei leitora na adolescência, mas escrever, eu aprendi quando criança e as palavras da vovó me ajudaram muito nisso.

– Eliane! – sua voz rouca clamou. – Eliane! Traz papel e caneta! Preciso escrever uma carta.

Sem demoras, eu estava pronta, sentada à mesa. Sempre deixava papel ou um caderno e canetas estrategicamente posicionados para vovó nem pensar em me dar bronca.

– Pronto, vovó!

– Escreve assim: "Faz 44 anos que o Chico desapareceu..."

A história do meu bisavô, Francisco Solón de Souza, eu já conhecia bem. Ele foi um índio potiguara e desapareceu misteriosamente lá por volta dos anos 1920. Foram tempos difíceis na Paraíba, com índios sendo praticamente escravizados nas fazendas de algodão para que os ingleses do Rio Tinto pudessem ganhar dinheiro. Quem peitava as correntes era assassinado e "desaparecido". Era assim que a vovó falava: "desaparecido", e eu bem sabia o que isso significava. Era gente que não voltava

nunca mais. As famílias sofriam também, perseguidas e violentadas. Muitos povos indígenas se espalharam pelo Brasil naquela época, foi um verdadeiro holocausto. Mas essa palavra eu só aprendi depois. Minha família também fugiu do sertão da Paraíba e de Pernambuco e só pararam quando chegaram ao Rio de Janeiro.

– Mas, vovó, e o cabeçalho? – interrompi, sabendo prestar atenção mesmo quando eu estava perdida em pensamentos.

– Que "*cabeçário*"? – ela indagou.

– O local, a data, prezado destinatário. Pra quem é a carta?

– Depois eu vejo isso, Eliane, senão perco as ideias. Deixa um espaço aí. Onde eu parei?

– "Faz 44 anos que o Chico desapareceu..."

Medi o espaço e deixei a caneta fluir ao som das memórias da vovó Lurdes:

– "... e chegamos ao Rio de Janeiro, sem nada. Nem comida, nem trabalho, nem dinheiro. Moramos na rua um tempo até ir para o Morro da Providência, depois Central do Brasil e Rua General Pedra, 263, zona do Mangue. Lá viviam prostitutas e imigrantes da Segunda Guerra Mundial, bananeiros, carvoeiros portugueses, italianos e gente muito pobre e sofrida. Depois, fomos morar no Morro de Cavalcante, numa espécie de sítio ou chácara onde tudo plantávamos, e eu me dividia entre a cozinha, cura dos meninos e manter nossa história viva na cabeça dos pequenos..."

– Adoro ouvir suas histórias, vovó!

– Continua escrevendo, menina!

– "... E essas coisas, esses acontecimentos, não podem ser esquecidos quando eu me for. Meus filhos, netos, bisnetos precisam saber de tudo..."

E sabíamos. Entre histórias e cartas, vovó compartilhava conosco sua terra natal, suas dores, suas memórias. Desde meus 7 anos de idade, eu aprendi sobre o sofrimento do meu povo potiguar e sobre as coisas que ninguém quis escrever nos livros de História.

Sempre escrevia com um olho no papel e outro nas expressões da vovó, seus olhos marejados e distantes viajando nessa história, semeando em mim reflexos que só viriam brotar e tomar forma quando eu fosse bem mais velha e vivida.

Mas a falta de sabedoria não impede a criança de imaginar, e é isso que eu fazia, imaginava e tentava ao mesmo tempo não dispersar da escrita, porque a vovó era rápida com uns cascudos na minha cabeça. Lia os lábios da minha vovó índia ao mesmo tempo que escutava as lendas, as histórias e o passado. Foi através de suas palavras que eu conheci a cultura de meu povo. O resto, eu aprendi nos livros, fiéis companheiros. Minha família sempre me incentivara a ler e a escola, também. Minha avó, minha mãe, minhas tias e primas – todas analfabetas – sempre me incentivavam a estudar. Tinham o sonho de que um dia eu me tornasse professora. Elas eram proletárias, trabalhavam nessa terra tão estranha e diferente, tão distante de sua cultura porque queriam algo melhor para o futuro. Vovó vendeu bananas durante anos para que eu finalmente me formasse professora primária, e mesmo sofrendo muita discriminação na escola e nas ruas, porque ela era uma pessoa de origem indígena, eu sempre tive orgulho dela e de tudo que ela me ensinou.

– "Precisam escutar agora porque senão o passado vai se perder..."

Maria de Lourdes de Souza – a vovó Lourdes – era uma mulher diferente, e foi objeto de risos e alvo de racismo. Mas ela era trabalhadora, escritora oral e curandeira. Me curou de um tumor no olho e no bico do peito com folha de couve e uma mistura de minhoca, visgo de jaca e teia de aranha. De ler, as pessoas podem até achar estranho, mas essa sua sabedoria com plantas e ervas hoje foi transformada em "remédio" e usada pelos médicos para ganhar dinheiro. Sempre foi assim, roubavam da cultura indígena o conhecimento e as tradições e transformavam

em outra coisa, sem nunca dar crédito aos velhos e velhas índias, que ficaram no esquecimento.

A "oralidade" da minha família indígena me influenciou mais do que qualquer livro. E eu lia bastante. Toda semana, lá estava eu na biblioteca, mergulhando em diferentes mundos e histórias. José de Alencar, Machado de Assis, Gabriel García Márquez, Fernando Pessoa, Ester Pinkola... A paixão pela palavra viria a se tornar tão grande que até ganhei um concurso literário na escola. Setecentos participantes e EU ganhei. Vovó ficou tão orgulhosa! E devo essa conquista às cartas da vovó e às histórias que dela ouvia. Colégio Progresso, em Cascadura. O prêmio era uma coleção de livros. Minha alegria se tornou tristeza quando descobri que nunca iria receber tal prêmio. Por morar na chácara, de difícil acesso, num lugar distante e íngreme, os coordenadores do concurso mandaram desculpas. Foi uma das minhas maiores decepções. Mas as bibliotecas foram meu refúgio e minha salvação. Eram 90 minutos de caminhada até minha escola e mais 90 minutos de volta, às vezes sob sol forte, às vezes sob chuva. Quando adolescente, comecei a produzir uns artesanatos para pagar a passagem de ônibus e aproveitava o trajeto para me dedicar à leitura.

– Está escutando, Eliane?

– Claro que estou, vovó! – despertei da imaginação e sorri.

– Então escreve isso que estou acabando. E vê se vai corrigindo se eu falar besteira: "... Sim, o Brasil desconhece totalmente a nossa cultura indígena, apesar de a maioria do povo brasileiro ter sangue indígena, pois somos um país misturado (*miscigenado*). Quem não sabe um costume indígena utilizado em sua residência, como dormir e descansar em redes, comer beiju (*tapioca*), tomar banho diariamente, tomar chá para dor de barriga, por exemplo? As crianças e jovens vibram quando vou contar histórias de nossos povos, de nossas origens de vida. Eles viajam num mundo mágico onde compartilham espírito, razão e vida vivida. Eles se sentem contemplados em suas dúvidas sobre etnias, sobre racismo, sobre história, sobre respeito, humanidade e amor. Entendem que a valorização dos anciãos é vital para a ética no presente e no futuro. E que a vida precisa ser vivida com dignidade. E as meninas entendem seu lugar de fala, contra o machismo e a violência. Os meninos passam a compreender melhor seu papel na humanidade e sua importância diferenciada na questão de gênero..."

É verdade. Vovó nunca aprendeu o que ensinam na escola. Falava "errado". Mesmo assim, era sábia e franca e sabia muito mais do que a maioria das pessoas hoje. Meus olhos marejados voltaram para seu rosto sério, que balançava para cima e para baixo, enquanto ditava a carta.

– "... nosso povo, nossa cultura, nossos conhecimentos não podem ser esquecidos. E você é hoje o elo entre o ontem, o hoje e o amanhã. Cuide bem da sua, da nossa história. Com amor. Beijos! Lourdes".

– Acabou, vovó?

– Sim, Eliane, acabou.

– E o cabeçalho?

– Ah, sim. Escreve aí: Cascadura, Rio de Janeiro – 23 de setembro de 1964. Prezada neta Eliane...

– Pra mim?

– Sim, pra você reler quando eu não estiver mais aqui e lembrar disso tudo. Você vai ser a cuidadora do nosso passado.

Com os papéis meio amassados numa mão e a caneta na outra, corri para abraçar a vovó. Chorando, apertando a carta nas costas já cansadas da vovó e ela me segurando forte, seu legado...

A ESCOLA

Luis Eduardo Matta

> Dedico esse conto à minha mãe, Vera Lúcia,
> a quem sou eternamente grato por tudo.

A televisão em cores de catorze polegadas, sintonizada no noticiário da noite, exibia imagens desoladoras de morte e devastação. Corria o mês de abril de 1977. A guerra civil no Líbano, iniciada dois anos antes, piorava a cada dia, devastando sua bela capital, que durante décadas foi conhecida internacionalmente como a "Paris do Oriente Médio".

Sozinha na sala do seu apartamento em Copacabana, Ramia Miziara assistia, horrorizada, ao enviado especial ao Líbano narrar, microfone em punho, o cotidiano caótico na cidade, enfatizando que o alvo do ataque naquele dia havia sido um colégio de freiras no bairro de Achrafieh. Segundo ele, as suspeitas recaíam sobre grupos ligados à OLP – Organização para a Libertação da Palestina –, que tinha seu QG em Beirute havia anos. Falava-se em mais de trinta vítimas, entre mortos e feridos. Algumas delas eram crianças.

Antes que o repórter concluísse o seu relato e o telejornal exibisse a matéria seguinte, Ramia teve três, talvez quatro segundos para visualizar a parte do prédio semidestruído que aparecia na tela e reconhecer os contornos da antiga torre do relógio e uma placa familiar, em que se lia em letras azuis de caprichada caligrafia: "L'École des Soeurs".

Ramia cobriu o rosto com as mãos enrugadas e chorou baixinho. Jamais, em seus 80 anos de vida, imaginara que seu país natal, antes próspero e pacífico, seria engolido por uma guerra tão selvagem. Num impulso, pensou em ligar para a embaixada brasileira em Beirute, mas desistiu antes que pudesse pegar o telefone. Era noite no Brasil, madrugada no Líbano. Ninguém atenderia e, mesmo se atendessem, no que poderiam ajudá-la? O colégio de freiras francesas, hoje, era apenas o símbolo desbotado de uma época que ficara num passado distante e que não voltaria, mesmo se a guerra civil não estivesse acontecendo.

A vida nunca fora muito tranquila para os libaneses. Ramia fechou os olhos e voltou no tempo, mais precisamente para 1914. Naquele ano, ela cursava seus últimos meses na École des Soeurs, quando o assassinato do herdeiro do trono da Áustria--Hungria deflagrou a Grande Guerra, que mais tarde acabaria conhecida como a Primeira Guerra Mundial. Na ocasião, o Líbano, assim como uma fatia generosa do território conhecido como Oriente Médio, era parte do Império Turco-Otomano, que logo entraria na guerra ao lado dos alemães. O Natal de 1914 fora tenso. No final de outubro, a Marinha otomana atacara o porto russo de Sebastopol, no Mar Negro. Pelas ruas de Beirute, corria a notícia de que homens seriam recrutados à força para lutar na guerra junto aos turcos. Podiam ser apenas boatos, mas o pai de Ramia não quis esperar para ver.

Durante a ceia de Natal, com a família em torno de uma mesa farta com pão, romã, uvas, salada *fatush*, arroz com frango e pinho e uma travessa repleta das tradicionais folhas de uva recheadas com arroz e carne e embrulhadas no formato de charuto, ele comunicou:

– Nós vamos partir o quanto antes. É triste abandonar nossa terra, mas não podemos esperar que a guerra chegue até nós. Ou que nos forcem a ir ao encontro dela.

Naquele tempo, quando o pai decidia, estava decidido. Ninguém contestava. Ainda hoje, no mundo árabe, as coisas funcionam assim. Os homens têm a palavra final na família.

– Mas para onde iremos? – perguntou a mãe de Ramia, sem contestar o marido. – Se a guerra não estivesse acontecendo na Europa, poderíamos ir para a França, onde mora um casal de tios meus que nos receberiam muito bem.

– Já pensei nisso. Mas meu primo Antoun mudou-se há dez anos para o Brasil. Ele sempre me escreve, convidando-nos para nos juntarmos a ele. Há anos, muitos dos nossos

compatriotas têm partido para esse país. A terra deve ser boa, do contrário, tantos não teriam decidido permanecer por lá. Não será diferente conosco.

A casa no bairro de Gemmayzeh foi rapidamente vendida para um comerciante vindo de Aleppo, que abrira dois anos antes uma loja na Sahat Al Bourj, coração agitado de Beirute, e procurava uma residência nas imediações para o filho, que se casaria em breve. Partiram três dias após o ano novo, numa manhã gelada de inverno. O porto de Beirute estava apinhado de gente, entre os que partiam e os que ficavam e tinham enfrentado o frio e o vento para dar seu último adeus. A maioria dos que embarcavam, aparentemente, teve a mesma ideia do pai de Ramia e partilhava dos temores dele. Havia anos que a vida estava difícil no decadente Império Otomano e a aliança com os alemães prometia incendiar todo o território.

O Brasil ficava longe e, no caminho, o navio fez uma escala no porto francês de Marselha. Ramia procurou o pai para pedir autorização para visitar rapidamente a cidade e o encontrou recostado na amurada do navio conversando com um rapaz bem vestido, que ela não conhecia.

– Veja que feliz coincidência, minha filha – disse o pai, sorridente, indicando o rapaz. – Você acreditaria se eu lhe contasse que este jovem simpático é, ninguém menos, do que o proprietário da escola em que você estudou a vida toda?

Ramia não conteve uma surpresa.

– A École des Soeurs? Mas não é um colégio de freiras?

O jovem apressou-se em esclarecer:

– Na verdade, a minha família, e não só eu, é proprietária da casa que as irmãs alugaram para abrir a escola.

O rapaz apresentou-se. Chamava-se Kanan e explicou sua presença no navio:

– Eu me ofereci para acompanhar uma das irmãs até Marselha. Ela acabou de perder um sobrinho de quem gostava muito, ficou muito abalada e achei que ela não deveria viajar sozinha. Logo iremos desembarcar.

– Lamentamos muito por ela – disse o pai de Ramia, com sinceridade. – Por outro lado, fico admirado com o seu cavalheirismo. É uma prova de honradez e solidariedade. Foi um prazer conhecê-lo. Caso se disponha a ir ao Brasil, procure pelos Miziara na cidade de São Paulo. Nós o receberemos de braços abertos como alguém da família.

Kanan sorriu e lançou um olhar um pouco mais demorado do que o normal para Ramia antes de responder. A freira idosa e curvada, devidamente paramentada com o hábito austero, assomou no convés. Estava pronta para ir embora. Kanan fez um meneio com a cabeça à guisa de reverência e despediu-se de Ramia e do pai:

– Será uma honra revê-los no Brasil. Ouço falar maravilhas daquela terra, onde nossa gente tem prosperado muito – ele lançou mais um olhar sugestivo para Ramia e fez menção de se afastar. – Agora, se me dão licença...

Ramia observou o rapaz se afastar com um lamento preso no peito. Gostaria de ter conversado mais com ele. Ele fora gentil ao dizer que os visitaria no Brasil, mas ela era realista o bastante para saber que isso dificilmente aconteceria. O pai aceitou acompanhá-la em um passeio rápido por Marselha. Preocupados com o horário, não se afastaram muito do porto. Mesmo assim, Ramia nem sequer reparou na cidade, pois seus olhos se concentraram em procurar Kanan e a freira francesa. Mas eles já deviam estar longe e foi com uma sensação de desolação que Ramia retornou ao navio para prosseguir a viagem.

***

Um ano e meio mais tarde, a família Miziara já estava bem estabelecida em São Paulo. O pai de Ramia abrira uma loja de

tecidos no centro da cidade em sociedade com outro libanês, que lhe fora apresentado pelo primo Antoun. São Paulo era uma potência urbana que crescia e enriquecia com a chegada de gente do mundo inteiro. Por outro lado, as notícias que vinham da Europa e do Oriente Médio não eram nada boas. A Grande Guerra avançava, aniquilando tudo o que via pela frente. O Império Otomano, por sua vez, enfrentava a revolta dos árabes e parecia a ponto de ruir. Não seria de todo mau. Viver sob a égide dos turcos sempre foi um peso para os libaneses, sírios e todos os povos que, durante gerações, foram obrigados a se submeter às ordens e caprichos dos sultões de Constantinopla. Além disso, se o Líbano se tornasse independente, os libaneses não precisariam mais usar o passaporte otomano e, dessa forma, serem erroneamente chamados de turcos.

Nesta altura, Ramia estava na expectativa de seu aniversário de 20 anos. Ela se adaptara rapidamente ao Brasil e já falava bem o português. Durante um almoço de sábado, o pai tocou no inevitável assunto "casamento". Segundo ele, estava na hora de Ramia encontrar um noivo e, como mandava a tradição, o pai já havia feito uma seleção de potenciais candidatos, todos rapazes de boas famílias cristãs da colônia libanesa, com futuro promissor, aptidão para o trabalho e sólidos valores morais e familiares. Ramia não devia contestar. Era assim que se faziam os casamentos. Ela, naturalmente, poderia expressar suas preferências ou, por outro lado, comentar se achara algum deles repulsivo. O pai queria a sua felicidade e levaria em consideração suas impressões.

Passados alguns dias, os pais pediram a Ramia que se arrumasse, pois receberiam o primeiro pretendente para um café no fim de tarde. Ramia obedeceu. Ela escolheu um belo e discreto vestido e arrumou os cabelos de maneira que ficassem bonitos, sem grandes exageros. Na hora marcada, o rapaz chegou e, ao aparecer na sala, Ramia sentiu o coração acelerar ao descobrir que era Kanan, o proprietário da École des Soeurs, que eles conheceram no navio, em Marselha.

Durante o café, Kanan narrou sua epopeia. Disse que, de Marselha, retornou ao Líbano e que, logo depois, o pai faleceu. Com o avanço da Grande Guerra e o provável colapso do Império Otomano, ele decidiu vender a sede da escola e todas as suas propriedades no Líbano e vir para o Brasil. Durante todo esse tempo, só pensava em rever os Miziara e, em especial, a jovem Ramia. Deu sorte que, após desembarcar no Porto de Santos e tomar o caminho de São Paulo, ele seguiu diretamente para a região da cidade onde a comunidade sírio-libanesa se concentrara e começou a perguntar pelos Miziara. Não foi difícil localizá-los. Naquele pedaço do Líbano no Brasil, os compatriotas, assim como na terra natal, reconheciam as pessoas pelo nome de família.

Ramia, é claro, aceitou o noivo e o casamento aconteceu na Igreja de Nossa Senhora do Líbano no ano seguinte. Dessa união, nasceram cinco filhos. Kanan seguiu os passos dos compatriotas e abriu, junto a um sócio, um comércio de tecidos, que rapidamente conquistou uma clientela fiel e abastada. Com os anos, São Paulo já parecia pequena para a expansão do negócio e foi, então, que a família decidiu abrir uma filial no Rio de Janeiro, a capital da República e onde também havia uma considerável presença de sírio-libaneses.

No Rio, à beira-mar, era como se estivessem em casa novamente. Sentiam o perfume da maresia, contemplavam a Baía de Guanabara e lembravam-se da Baía de São Jorge, diante da qual se erguia a amada Beirute que minha avó Ramia, mãe do meu pai, nunca mais veria.

MINHA HISTÓRIA ORIGINAL

Sonia Rosa

Para minha prima querida, Creusa Moreira Santos.

Contaram.

Que ele foi o primeiro a pisar em terra firme.

Chegou de uma travessia difícil...

Viu muitos dos seus se jogarem aos braços de Inaê, a deusa do mar.

Estava cansado e tonto.

Ali, naquela madrugada fria em São Jorge de Ilhéus, o mar estava agitado e misterioso.

Os peixes silenciosos.

E por vergonha, não havia nenhuma estrela no céu.

O mundo era triste e hostil naquela terra desconhecida.

Era ele o meu tataravô africano!

Um homem forte!

Inaugurando uma vida nova que teria que tecê-la inteira dali pra frente...

Já sabia que não seria fácil. Mas não tinha medo de nada!

***

Contaram também:

Que existiam muitas tribos indígenas espalhadas. E muitas viviam escondidas pelas matas. Lá pelo sul da Bahia. Lá pelo norte da Bahia. E por todo o dentro do Brasil...

Os primeiros e verdadeiros donos dessa terra.

Muitos deles viviam em apenas um só lugar. Outros grupos eram nômades.

Pataxós, tupiniquins, tupinambás, aimorés.

Lutavam e matavam se preciso fosse.

Levavam algumas vantagens na luta contra os invasores porque conheciam os caminhos, os rios, as trilhas, a terra e as matas.

Viviam em harmonia com a natureza.

O branco colonizador não conseguia identificar a diferença entre os cantos dos passarinhos nem saber os segredos das chuvas e dos ventos...

***

Depois.

Bem depois.

As gentes de cá, as gentes de lá, as gentes que chegavam de muitos lugares do além-mar em porões de navio foram se encontrando e se misturando pelas bandas do sul da Bahia.

E se encontra daqui e se mistura dali, as novas gentes foram nascendo...

Cafuzos. Caboclos. Pardos. Todos mestiços. Todos negros.

A Lua foi testemunha de toda essa mistura.

Às vezes, aplaudia. Às vezes, não!

As igrejas e as casas foram chegando...

Povoados e lugarejos nascendo aqui e ali,

Muitos deles em volta das igrejas. Freguesias.

Matas arrancadas. Novos cenários à beira dos rios e do mar.

Rios e mar em alerta buscando um jeito de vencer a ignorância do homem dito civilizado...

***

Um dia uma jovem indígena encontrou seu amor, que era o filho do filho do meu tataravô africano que chegou naquela madrugada fria em São Jorge de Ilhéus para inaugurar a história da minha família.

O rio que corria pelas matas foi testemunha desse amor puro e natural.

Desse encontro nasceram muitos curumins e uma indiazinha que se chamou Arlinda.

Arlinda, logo que ficou mocinha, saiu da aldeia onde morava com seus pais, tios, avós... Não se sabe explicar como foi que ela conheceu um moço alto e forte de nome Timóteo. O fato é que ela se casou com ele e foram bem felizes. Ele trazia impresso em sua pele a beleza negra.

O lado da história de Timóteo ninguém consegue saber.

Não contaram.

Não souberam contar. Nem mesmo um soprinho da história dele.

    O que se sabe é que era um pequeno fazendeiro. Bom pai. Carinhoso com suas muitas filhas.

    Tinha entranhados em sua alma o amor, a alegria de viver e a luta do dia a dia. Com sua Arlinda viveu uma perene história de amor recheada de filhos e filhas.

    Ele era com certeza um descendente africano.

    Tinha os vestígios e a memória distante do além-mar...

    Contava histórias de encantamento a seus filhos.

    Arlinda e Timóteo tiveram 12 filhos.

    Dois homens: Gentil e João.

    Dez meninas, sendo, uma delas, minha avó Lindaura, mãe da minha mãe, Adir.

***

    Da parte do meu pai. Um mestiço explícito.

Sei que ele era filho de uma negra muito bonita.
Mas a sua história só ecoava o silêncio...
Ninguém sabe. Ninguém viu...
Nada nos contaram. Nada revelaram...

Em casa, nos guardados secretos do meu pai, havia um retrato de minha avó sentada feliz junto aos seus filhos. O menino pequenino era ele, o meu pai, que havia chegado para os braços dela depois dos 40 anos. Uma mãe madura.

O nome da minha avó era Ana Francisca, uma negra baiana de Salvador, que conheci apenas por esse único retrato. Ela nasceu em 1880, ainda no período da escravidão. Tinha o olhar mais profundo que já vi. A mesma profundidade misteriosa das águas do mar. De onde viemos todos nós.

***

Mais vestígios.

Na minha ambiência familiar estiveram presentes: o azeite de dendê, o acarajé, o peixe com coco, o cuscuz de fubá, a banana da terra cozida nos cafés das manhãs de minha infância.

Essas são as gostosuras maravilhosas da presença baiana na minha vida, desde pequeninha. Esses são os sabores que se misturam com a minha alegria de viver.

Minha mãe e minha tia Arlinda – o mesmo nome da minha bisavó – faziam bolinhos de comida com as mãos e acrescentavam farinha de mandioca para moldurar o alimento. E colocavam com delicadeza na boca da gente. Esses bolinhos se chamavam Capitão e o gestos delas alimentando seus filhinhos se chamava Amor em ação.

Mais uma herança africana.

Amor, alegria e luta.
Alegria, luta e amor.
Luta, amor e alegria.

***

Cresci ouvindo minha mãe e minhas tias usando os ditos populares como filosofia de vida. E buscando sempre em orações a proteção divina dos santos e dos orixás.

Meus fartos cabelos eram desembaraçados e trançados em longo ritual. Enquanto trabalhava com o pente em minha cabeça, minha mãe ia cantando músicas vindas de lugares muito distantes...

Cresci numa lógica africana de convivência. Vi tios, primos, irmãos, tios-avôs, sobrinhos e sobrinhos-netos sempre juntos e entrelaçados. Parentes se agregando como numa confraria. Ajudando-se mutuamente. Uma verdadeira rede de acolhimento.

As dores e as alegrias da vida eram divididas entre todos. O amor sempre no meio, no começo e no fim. Impulsionando pra frente. Vencendo todas as batalhas.

Com luta, axé, força, perseverança, coragem, sabedoria e muito afeto, a minha família continua fazendo sua caminhada.

***

Aqui conto o que me contaram, o que senti, o que vi com meu coração, desde menininha.

Tenho certeza que essa caminhada começou muito longe.

Lá no além-mar, onde moram todas as histórias originais...

ALEXANDRE DE CASTRO GOMES

Sou Alexandre, neto de portugueses e autor de mais de 30 títulos, alguns publicados na Espanha, China e América Latina. Fui presidente da AEILIJ e alguns dos meus livros foram premiados e selecionados para programas de compra de obras de governos. Viajo o Brasil fazendo oficinas literárias, dou palestras, faço curadoria de eventos e administro o site: www.alexandredecastrogomes.com.

ANDRÉ KONDO

Busquei o Japão escalando o Monte Fuji, meditando na caverna do samurai Musashi, vendo a neve de Hokkaido, mas descobri que o Japão de verdade estava aqui mesmo no Brasil, no coração da minha família imigrante. Viajei por mais de 60 países, recebi mais de 300 prêmios e vivo de literatura, feliz. Para saber mais: www.andrekondo.com. Arigatou! (ありがとう)

ELIANE POTIGUARA

Sou escritora, poeta, ativista, professora, contadora de histórias e empreendedora social de origem étnica potiguara. A pobreza é a maior violação dos direitos humanos, mas eu não sabia disso quando era criança. As lágrimas de minha avó, assim como a vida de milhares de mulheres indígenas do mundo, refletem esse tipo de violação. Contar a história de minha família neste livro é uma forma de luta e resistência pelo direito à vida. Para saber mais: www.elianepotiguara.org.br.

LUIS EDUARDO MATTA

Escrevo desde os 18 anos e publiquei diversos livros de mistério para jovens e adultos. O cenário de meus primeiros trabalhos eram os conflitos no Oriente Médio, berço do lado paterno de minha família. Mas se as origens de meu pai inspiraram minhas primeiras obras, foi minha mãe quem me incentivou à leitura desde a infância. Da união dos dois, surgiu um escritor. Para me conhecer melhor, visite meu site: www.lematta.com.

SONIA ROSA

Sou carioca, mestre em Relações Étnico-Raciais e, desde 1995, escritora. Adoro conversar com meus leitores sobre leitura e temática afro-brasileira. Aqui em *Origens* conto um pouco da história de minha família. Entre tantos sentimentos despertados, pude reafirmar de onde vieram tanta perseverança, coragem, alegria, sabedoria e o amor que transborda em minha vida e em meus livros... Para me conhecer melhor, acesse: www.escritorasoniarosa.com.br.

FABIO MACIEL

Sou carioca e comecei a ilustrar em 2015. Até o momento foram oito publicações, incluindo uma que escrevi. Para este livro, trabalhei com colagens. Criei texturas, reaproveitei papéis, usei tinta, lápis de cor, enfim, qualquer material. Rasguei, cortei, colei, ilustrei. Em algumas ilustrações utilizei fotos enviadas pelos autores.

Este livro foi impresso nas fontes Bebas Neue e
QuadraatSans para a Editora do Brasil em 2019.